D1484376

stink3000

Stin

Megan McDonald ilustrado por

Superhéroe
del Sistema Solar
SOLAR STINK 3000
Peter H. Reynolds

Esta es una obra de ficción. Los nombres de los personajes, lugares y situaciones son producto de la imaginación de la autora o se usan de forma ficticia.

Título original: *Stink: Solar System Superhero*

Primera edición: mayo de 2022

8950 SW 74th Court, Suite 2010

Miami, FL 33156

ISBN: 978-1-64473-349-3

Impreso en México / *Printed in Mexico*

22 23 24 25   10 9 8 7 7 6 5 4 3 2 1

Para Luke y Cash

M. M.

Para mi hermano, Andy Reynolds

P.H.R.

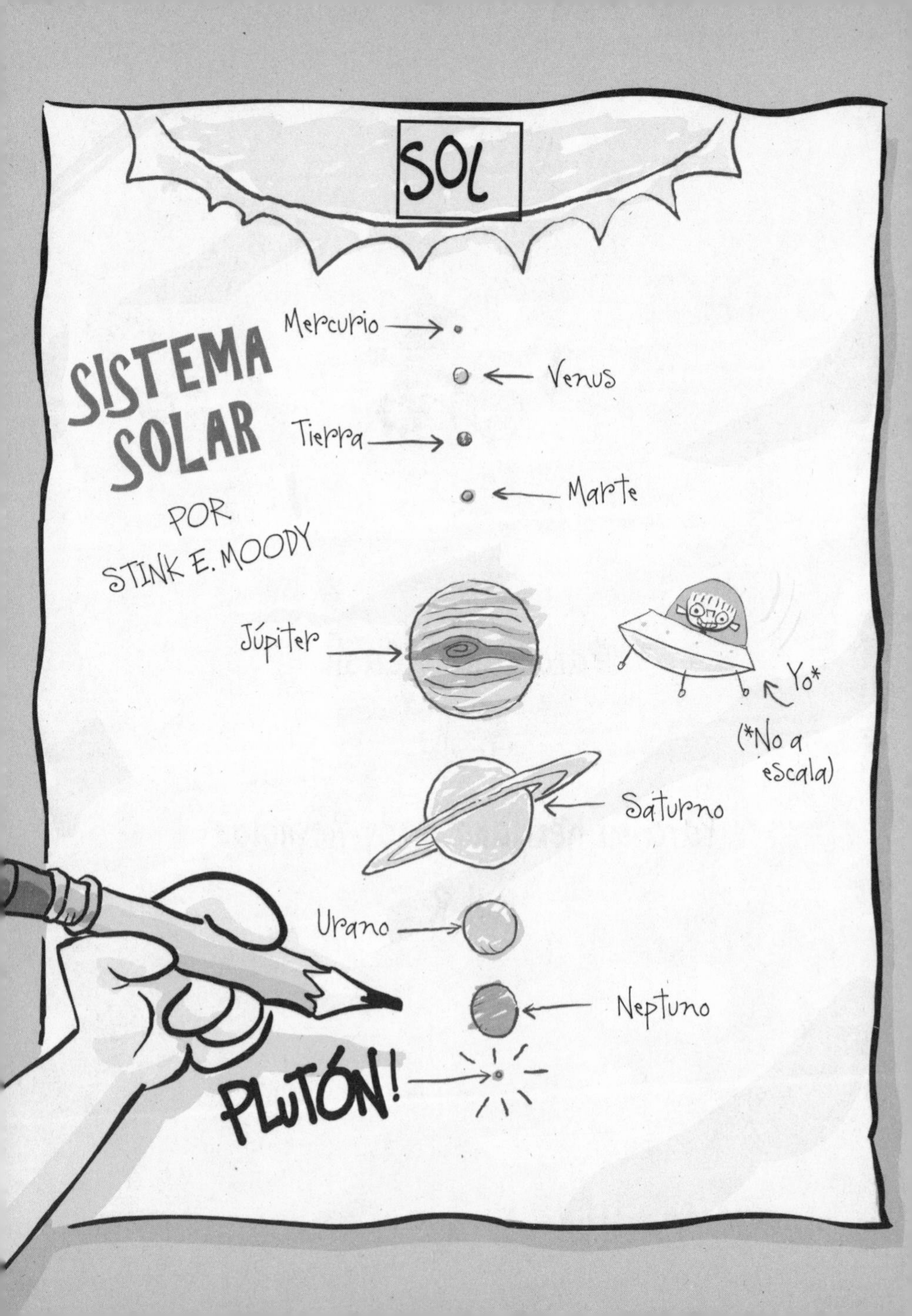
SOL
SISTEMA SOLAR
POR
STINK E. MOODY
Mercurio
Venus
Tierra
Marte
Júpiter
Yo*
(*No a escala)
Saturno
Urano
Neptuno
PLUTÓN!

ÍNDICE

A UN
LADO,
SATURNO
STINK

¡Reprueba!

¡Qué fiasco!

¡Tronó!

Stink tenía examen. Un superexamen de ciencia. El examen era del Sistema Solar y debía aprenderse todos los planetas... ¡para el día siguiente!

Así que decidió pedir ayuda a su hermana mayor, con la esperanza de que estuviera de humor, algo así como humor estilo "ayuda a tu hermanito".

Existían nueve planetas y Stink sólo conocía uno que figuraba en la letra S de la enciclopedia: Saturno. Se podría decir que Stink era un superexperto en Saturno.

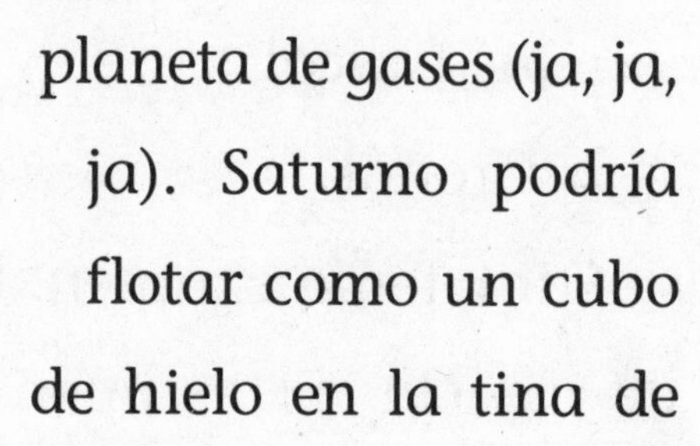

Saturno tenía anillos y lunas y era un planeta de gases (ja, ja, ja). Saturno podría flotar como un cubo de hielo en la tina de un gigante (si de casualidad conoces a un gigante). Saturno giraba tan rápido que parecía aplanado como un hot-cake, la comida terrícola favorita de Stink.

Un año en Saturno dura 29 años terrestres, así que si Stink tuviera 7 años en Saturno, tendría 203 años en la Tierra, ¡mucho mayor que Judy!

* * *

Stink encontró a Judy en su cuarto, en la parte superior de su litera, haciendo un dibujo de chicle masticado.

—¿Qué es eso? —preguntó Stink.

—Es una planta carnívora hecha de chicle —respondió Judy.

—¿Sabes qué sería aún más genial?

—¿Qué? —preguntó Judy.

—Un dibujo de Saturno hecho de chicle masticado —dijo Stink.

—¿Y a quién le importa Saturno?

—A mí —dijo Stink—, pero ahora me debo preocupar de otros ocho planetas también.

—¿Eh? —Judy alzó la vista de su obra de chicle.

Stink levantó su libro de ciencia.

—Tengo examen mañana, uno muy importante sobre los planetas. ¿Me ayudarías a estudiar?

—De ninguna manera, Stink —dijo Judy—, ¿qué no ves?, estoy superocupada.

—Pero eres tan inteligente —dijo Stink adulándola.

—Eso no fue lo que dijiste cuando tuve que ir con un maestro particular de matemáticas.

—Pero ya pasaste de segundo grado, ¿o no?

—Stink, ya hasta fui a la universidad.

—¿Ves? Eso es lo que necesito, alguien superinteligente, más que de segundo, como de universidad, para que me pregunte.

—¿Harás todo lo que te pida?

—Claro —aseguró Stink.

—¿Me puedo revolcar de la risa si repruebas?

—No voy a reprobar —dijo Stink acercándole el libro de ciencia—. Porque tú, mi hermana superinteligente, me ayudarás.

Judy hojeó el libro.

—Los nombres de los nueve planetas.

—Muy difícil —respondió Stink.

—Debes saber los nombres de los planetas. La señora Dempster te los va a preguntar seguro segurolas. Piensa, Stink.

Stink cerró los ojos.

—Saturno… Júpiter… Tierra… Plutón, y ese que está antes de Plutón.

—Stink, qué bueno que tienes a tu hermana mayor superinteligente para que te enseñe. Mi Vieja Tía Martha Juntará Sólo Unas Nueve Pizzas.

—Yo pensé que papá haría espagueti para la cena.

—No, Stink. Es una frase para recordar los planetas. La primera letra de cada palabra de la oración representa un planeta. Mercurio, Venus, Tierra, Marte, Júpiter, Saturno, Urano, Neptuno, Plutón.

—Mi Vieja Tía Martha Juntará Sólo Unas Nueve Pizzas —dijo Stink.

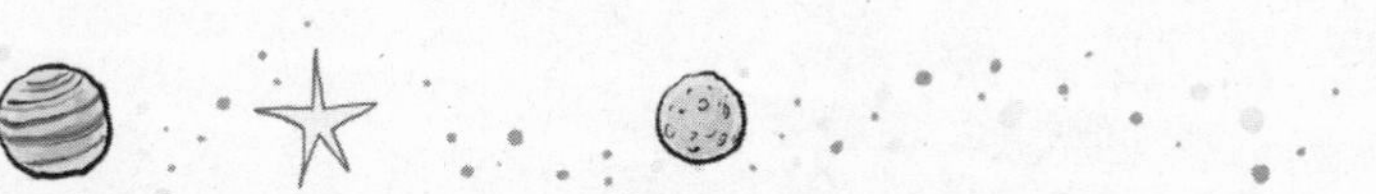

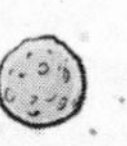

—Su viejo padre acaba de preparar espagueti —dijo papá al entrar en la habitación—. Vengan a cenar ya.

—Estoy enseñando a Stink a recordar los nombres de los planetas —dijo Judy— de la misma manera en que EFMAM J. JASOND sirve para recordar los meses del año. El señor Todd dice que se llama mensotecnia.

—Creo que la palabra correcta es mnemotecnia —dijo papá.

—¿Y quién inventó esa palabra? —preguntó Judy.

—Algún menso —respondió Stink. Y entre risas se dirigieron a la mesa para cenar.

Mi Vieja Tía Martha Juntará Sólo Unas Nueve Pizzas

MNEMOTECNIA EN CÓMIC

Mercurio

SOL

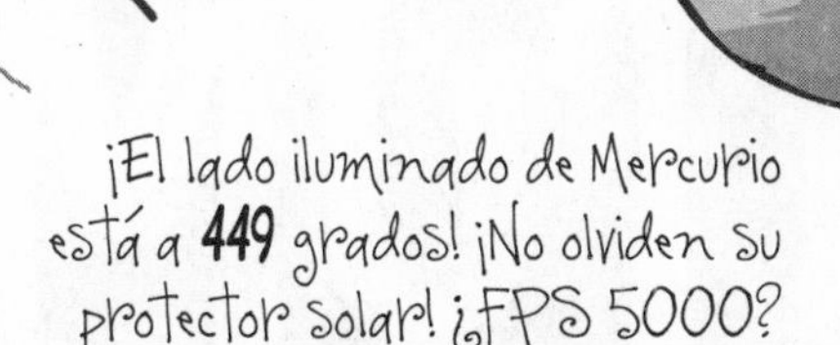

¡El lado iluminado de Mercurio está a **449** grados! ¡No olviden su protector solar! ¿FPS 5000?

El lado oscuro de Mercurio está a menos **135** grados. ¡Brrrrrrrrrrrrr! ¡No olvides llevar tu ropa térmica!

Venus

¿Cuál es el planeta más apestoso?

A) APESTRÓN
B) VENUS
C) PÚPITER

LA RESPUESTA:
B) VENUS

La culpa es de las nubes de ácido sulfúrico.

¡Brrrum, brrrum!

Al día siguiente, después de la escuela, Stink estaba sentado en su cama de coche de carreras. Contemplaba la hoja con todas la preguntas sobre Plutón y la enorme X roja, un tache más grande que la gran mancha blanca de Saturno.

Stink deseaba desaparecer en su cama coche, bajar disparado por las escaleras y salir hacia el patio para llegar hasta el espacio exterior. Deseaba que su cama coche lo transportara hasta los anillos de Saturno.

STAR POWER
the Korn Dogs
SK8SKUNK
I BRAKE FOR SKINKS
Don't Poke the Yeti!
STINK

Hasta podría mudarse a otro planeta. Claro, a cualquiera excepto a Plutón.

—¿Qué te pasa? —preguntó Judy al ver su cara de amargura.

Stink levantó el examen señalando la gran X roja.

—¿Reprobaste? ¿De veras? —dijo Judy sonriendo.

—¿Recuerdas eso que me enseñaste? Pues adivina qué. Mi vieja tía Martha NO JUNTÓ nueve pizzas.

—¿Cuántas juntó?

—Nada. Cero, cero petatero. NHP. No Hay Pizza.

—¿Qué quieres decir con que no hay pizza?

—No hay letra P, porque no existe Plutón.

—¿Cómo es posible que no exista Plutón? ¿A dónde se fue?

—Allí sigue, pero ya no es un planeta. Sólo existen ocho planetas ahora.

—Stink, no pueden simplemente desaparecer un planeta por *completo*. Eso cambiaría *todo* el Sistema Solar.

—Pues ya ocurrió. Pregúntale a la señora Dempster. Dice que Plutón es demasiado pequeño y que su órbita es extraña. Además, encontraron algo más grande, así que lo expulsaron. Lo echaron de la isla. Lo exiliaron del Sistema Solar. Plutón es historia.

—¿Quiénes? —preguntó Judy.

—Unos cerebritos de la ciencia. Un día el Presidente del Espacio Exterior hizo una reunión y todos votaron para echar a Plutón, así que ya no es uno de los nueve planetas.

—¿Y qué es entonces?

—Un planeta enano.

—¡Planeta enano! ¿Y ahora se llama Gruñón o Tontín?

—No, pero lo piensan llamar Número 134340.

—¿Qué? Ese nombre apesta —dijo Judy—. No puedo creer que el maestro

Todd no nos haya dicho nada. ¡Eso es algo realmente importante! ¿Por qué la señora Dempster no les dijo eso?

—Parece que sí lo dijo, pero yo ni siquiera estaba en el salón. Creo que estaba en la enfermería para que me revisaran el oído.

—Pues haz que te lo revisen otra vez, porque no escuchaste cuando la maestra dijo que eliminaron por completo a un planeta del Sistema Solar.

—Plutón también es mi favorito.

—Creí que Saturno era tu favorito.

—Después de Saturno, claro.

—¿Y qué tiene de interesante Plutón?

—Júpiter es el más grande; Marte, el más rojo; Venus, el más caluroso y…

—Ah, ya entiendo. Plutón es el más pequeño del Sistema Solar, ¿no?, y tú eres el más pequeño de tu clase. Ambos son diminutos. Deberían llamarlo Stinkón.

—Nopi.

—Te gusta Plutón porque es simpaticón.

—Ja, ja, ja. En serio. ¿Qué voy a hacer?

—Admítelo, Stink, ya es hora de que elijas otro planeta favorito.

—Me refiero a mi examen. Quizá si hablo con la maestra. Pero, ¿y si no me deja repetirlo?

—Habla con ella, Stink. Sólo tienes que explicarle lo que pasó.

—Es muy fácil para ti, porque tu maestro no odia a Plutón.

MNEMOTECNIA EN CÓMIC

¡La Tierra viaja por el espacio a 107,343 Kilómetros por hora y pesa 5,972,000,000,000,000,000,000,000 **TONELADAS!**

¡Eso equivale al peso de 1 sextillón 194 quintillones de elefantes!

¡Y MUCHOS CACAHUATES!

*Lugar de nacimiento de Stink E. Moody

Punto adicional

—¡Hora de estudiar ciencia! —dijo la señora Dempster—. Revisemos sus exámenes.

Stink sacó su examen intentando cubrir con su codo la gran X roja en la página de Plutón, por si acaso volteaba Nick, el chico nuevo frente a él.

Stink observó la espalda del chico nuevo. Su cabeza parecía un planeta pequeño, casi redondo.

En ese momento la directora llamó a la señora Dempster.

—Escuchen todos. Saquen su cuaderno de trabajo de matemáticas y resuelvan la página ciento uno mientras voy a ver a la señorita Tuxedo.

—Mandaron a la maestra a la dirección —bromeó alguien.

Nick Cabeza de Planeta se volteó y le mostró su examen a Stink. También tenía una gran X roja en la página de Plutón.

—Reprobé —dijo Cabeza de Planeta.

—Yo también —dijo Stink y levantó su codo.

—En mi anterior escuela, Plutón todavía era un planeta. No es justo.

—Cierto. Yo estaba con la enfermera para que me revisaran los oídos cuando la señora Dempster explicó la regla de No Hay Plutón. Y ni siquiera mis mejores amigos, Webster y Sofía de los Elfos, me dijeron nada.

—Me llamo Skunk.

—Y yo Stink —dijo Stink—. Yo creía ser la única persona en este mundo con un nombre pestilente.

—Pues no. ¿Y adivina qué? Me gustan las cosas olorosas como mi nombre de zorrillo.

—A mí también —respondió Stink.

—Yo participé en un concurso de tenis apestosos en mi otra escuela —comentó Skunk.

—¡Increíble! —exclamó Stink—. Yo fui juez de un concurso de tenis superapestosos.

—En una ocasión pude oler un durián —dijo Skunk—. Es la fruta más apestosa del mundo.

—Puaj —dijo Stink—. Algún día yo quiero oler una flor fétida.

—Guácala de raro —dijo Skunk.

—Superguácala —dijo Stink.

—En mi otra escuela —dijo Skunk—, cuando aún había nueve planetas en el Sistema Solar, en mi libro de ciencia te enseñaban un truco para recordarlos.

—Mi Vieja Tía Martha Juntará Sólo Unas Nueve Pizzas —dijeron Stink y Skunk al unísono.

—Ahora deberán inventar uno nuevo —dijo Skunk—, sin la *p* de Plutón.

—Veamos… —dijo Stink—. ¿Qué tal?: Mi Vieja Tía Martha Juntará Sólo Unas Nada.

Skunk se echó a reír.

—Mi Vieja Tía Martha Jura que Son Unos Nerds —se unió Sofía.

—Muchos Vampiros Comerán Naftalina Para que Sepas —terció Webster.

—Ni siquiera usaste las letras correctas —dijo Skunk entre risas.

—Muchos Vampiros... —dijo Webster.

—Toman Macarrón con Jalea en Sándwiches —completó Sofía

—Untados de Naranja —cerró Stink.

—¡Oye, eso ni tiene sentido! —dijo Skunk carcajeándose.

—¡Esperen, ya sé! —dijo Stink—. Mi Viejo Toro Malhumorado Justo Soltó Un No-se-qué.

—Excelente —dijo Skunk—. Te daremos puntos adicionales por eso.

—Ojalá —contestó Stink—. Oigan, deberíamos inventar una nueva frase para recordar todos los planetas, incluidos los tres enanos.

—¿Te refieres a Ceres, Plutón y Eris? —preguntó Sofía.

—Mi hermano dice que ya descubrieron otro, se llama Makemake —agregó Webster.

El cerebro de Stink giraba a toda velocidad. Escribió once letras en una hoja de su cuaderno.

Y comenzó a garabatear algunas palabras:

—*Mi Viejo Toro Mocos Comió de Su Jugosa Ultra Nariz con Puro Estilo.*

Webster y Sofía lanzaron su nueva versión.

—*Muy Vomitivos Tienes los Macarrónicos Callos Junto con Sabrosas Uñas Negras en Pies Escupidos.*

Stink y Skunk dieron un aullido disponiéndose a crear una nueva frase.

—*Mi Viejo Torpedo Misterioso Catapulta Justo Sobre Una Nave de Planetas Eléctricos.*

—Ésa es fantástica —dijo Sofía.

* * *

Cuando la señora Dempster regresó, los niños hablaban en voz alta, habían soltado a los hámsters y lanzaban papeles al bote de basura. La señora Dempster prendió y apagó las luces, y aplaudió en cinco ocasiones. El grupo 2D se sentó y aplaudió cinco veces en respuesta.

—¿Alguien resolvió algún problema en mi ausencia? —preguntó la señora Dempster.

Nadie dijo nada. Stink pasó una nota a sus amigos. *¡Mucha Verborrea de Tarugos en Matemáticas y Ciencias que Juraron Solemnemente por el Universo No Patear su Educación!*

—Nosotros. Stink y yo resolvimos un problema —dijo Skunk levantando la mano.

—Los felicito. ¿Cuál resolvieron?

—El problema de Plutón.

—¿El problema de Plutón? —preguntó la Señora Dempster mientras rebuscaba en las páginas del libro de matemáticas para maestros.

—No es un problema de matemáticas, sino de ciencia.

—Qué bien, porque ya es hora de ciencias —dijo la Señora Dempster.

Stink y Skunk le dijeron a todo el grupo la nueva frase que habían inventado. Riley Rottenberger, quien vestía una camiseta

con las palabras CADETE ESPACIAL, levantó la mano pidiendo la palabra.

—Ajem, ajem —dijo, como si tuviera dolor de estómago.

—Riley, ¿querías decir algo?

La señora Dempster debería saber a estas alturas que Riley Rottenberger siempre tenía algo que decir.

—Existe ya una frase para memorizar los nombres de los planetas enanos —declaró Riley—. La inventó una niña y ganó un concurso y no tiene nada que ver con planetas eléctricos. Es: "Mi Vieja Táctica de Memoria es Célebre Justamente por Su Universo de Nombres de Planetas Enanos".

—Gracias por contarnos, Riley. Es una frase muy creativa. La frase de Stink y Skunk también es muy creativa.

Riley se encogió de hombros y puso cara de amargada inflando los cachetes.

—Chicos, vengan a verme al terminar la clase para ver qué podemos hacer con la calificación de sus exámenes.

Mi Vieja Tía Martha Juntará Sólo Unas Nueve Pizzas

MNEMOTÉCNIA EN CÓMIC

Marte

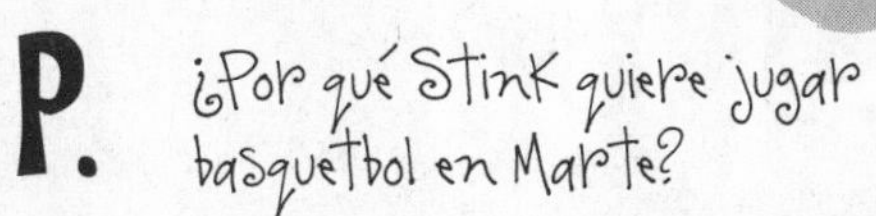

P. ¿Por qué Stink quiere jugar basquetbol en Marte?

R. ¡Boing! Podría brincar muy alto, pues la gravedad en Marte es una tercera parte de la gravedad en la Tierra.

P. ¿Por qué a Stink le gustaría hacer alpinismo en Marte?

R. Porque el Monte Olimpo, un volcán marciano, es tres veces más alto que el Everest.

(¡ESO QUIERE DECIR QUE UN YETI MARCIANO TIENE TRES VECES MÁS PELO!)

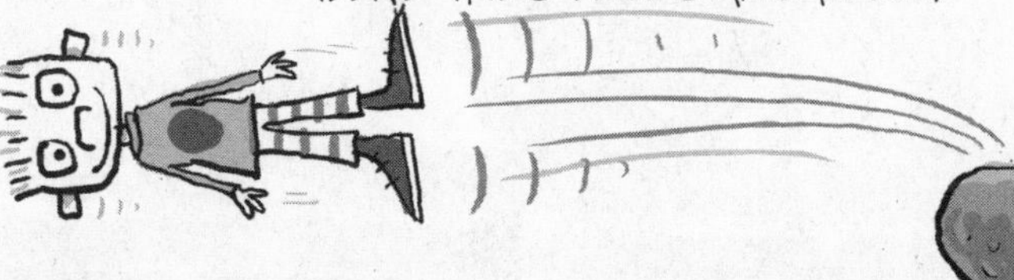

Señorita
Sabelotodo del
Campamento
Espacial

Al día siguiente Stink se encontraba sentado en su lugar pensando en la inmortalidad del cangrejo cuando Riley Rottenberger pasó bailando frente a él para presumir su nueva camiseta. Esta vez no tenía un letrero de CADETE ESPACIAL, ni siquiera de CAMPAMENTO ESPACIAL; solamente decía: PLUTÓN HA MUERTO.

—¿Quién es ésa? —preguntó Skunk.

—La mimada Riley Rottenberger, alias Señorita Sabelotodo.

Riley volteó hacia Stink y Skunk fingiendo una sonrisa.

—¿Cuándo dejamos de llamar planeta a un planeta?

—¿Cuando se llama Gruñón? —dijo Stink.

—¿Cuando se llama Tontín? —dijo Skunk

—No, cuando se llama Plutón —dijo Riley entre carcajadas y se dirigió a su lugar.

—Plutón *es* un planeta, sólo que es un planeta enano —dijo Stink dirigiéndose a Skunk—. Se cree la gran cosa porque irá al Campamento Espacial.

—Para tu información, Plutón ha dejado de considerarse un planeta —añadió Riley—. ¿Qué ustedes no saben nada? Ah, me olvidaba de que ustedes no irán al Campamento Espacial.

Riley tenía razón. Stink nunca había asistido a un campamento espacial, nunca había usado un traje espacial (a excepción de uno de aluminio en preescolar) y nunca había estado en una nave espacial (sólo en una caja de cartón).

—¿Usarán la silla de gravedad? —le preguntó Skunk a Riley.

—Y la silla de cinco grados de libertad, que flota en el aire —respondió Riley.

Stink anhelaba tener cinco grados de libertad, pero de Riley Rottenberger.

—No le preguntes nada —dijo Stink—, o no la callarás nunca.

—¿Por qué a Saturno no le gusta sentarse junto a Júpiter? —siguió Skunk sin hacerle caso.

—¿Por qué? —dijo Riley.

—Porque Júpiter tiene muchos gases —respondió Stink tapándose la nariz.

—Oye, la señora Dempster prohibió las bromas de gases en clase —dijo la Señorita Sabelotodo.

—Conozco otra —dijo Stink sin poder contenerse—. ¿Por qué la mamá de Saturno no lo deja bañarse?

—¿Por qué? —dijo Skunk.

—Porque siempre deja anillos en la bañera.

—¡Muy buena! —exclamó Skunk, pero Riley los ignoró.

—Es hora de trabajar en equipo —dijo la señora Dempster. Stink estaba en el mismo equipo que Sofía de los Elfos y Webster, y le pidió a Skunk que se les uniera. Cada equipo debía elaborar modelos a escala del Sistema Solar.

Stink y su grupo decidieron trabajar con bolas de unicel. Y para dar forma a la superficie de los planetas utilizaron trozos de lana que sumergían en agua jabonosa. Una vez que la lana quedaba elástica, daban forma a cada bola para simular la superficie de los planetas.

El equipo de Riley utilizó arcilla para modelar sus planetas.

Riley se inclinó hacia Stink, señalando la pelotita en sus manos.

—¿Qué se supone que sea eso?

—Lo que parece. Es el planeta Plutón.

—Stink Moody —dijo Riley—. ¿Cuántas veces tengo que explicarte que PLUTÓN NO ES NINGÚN PLANETA?

—Sí que lo es —replicó Stink.

—No, que no.

—Que sí, que sí.

—Riley, regresa a tu lugar —terció Webster—. Ni siquiera eres de nuestro equipo.

LANA
AGUA JABONOSA
BOLA DE UNICEL
COBERTURA DE LANA
PINTURA
¡PLANETA!

—No entiendo por qué todos la traen contra Plutón —murmuró Stink al tiempo que añadía pintura gris y púrpura a su planeta—. Plutón es diferente. Quizá sea más pequeño pero no se comporta igual que los demás planetas. Tiene su propia órbita.

—Sí, no entiendo por qué votaron para echarlo —añadió Skunk.

—Porque Plutón es diminuto, un enano —intervino Riley—. A Plutón lo echaron los otros planetas. Si apareciera un asteroide, Plutón quedaría todo "¡Aah, qué susto!" y desaparecería.

—Nanay —dijo Stink.

—Sipirilín, pregúntale a cualquiera. Lo aprendí en el Campamento Espacial.

—Campamento esto, campamento lo otro, todos deberían boicotear el Campamento Espacial por contar mentiras sobre Plutón.

—¡Stink, Riley! —intervino la señora Dempster—. ¿Por qué tanto alboroto? Se supone que tendrían que estar trabajando en el proyecto de ciencia.

—¡Pero es ciencia! —interrumpió Riley levantando la mano—. Eso es lo que estamos discutiendo.

—¿Y cuál es el problema? —preguntó la señora Dempster acercándose a sus mesas.

—Riley dice que Plutón no existe —respondió Stink—. Y yo digo que sí.

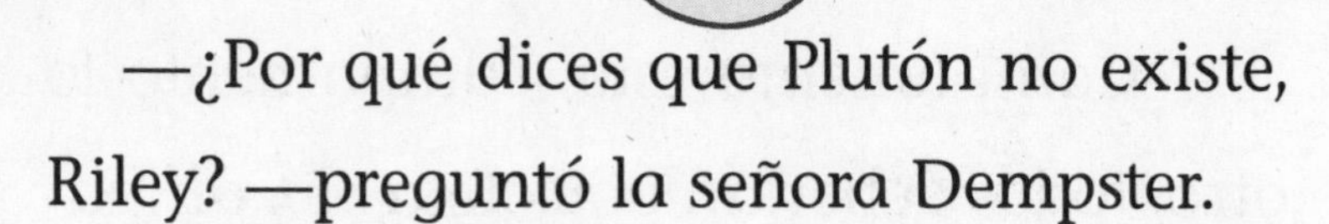

—¿Por qué dices que Plutón no existe, Riley? —preguntó la señora Dempster.

—Porque usted lo dijo —respondió Riley—. A Plutón le patearon el trasero, lo echaron del Sistema Solar. Ahora es solamente un número.

—Riley, te pido que no digas la palabra "trasero" en clase.

Stink sonrió con sorna cuando su maestra dijo *trasero*.

—Pero sigue estando ahí —replicó Stink—. Aunque sea apenas un *planeta enano*.

—De hecho, ambos tienen razón —concluyó la señora Dempster.

—¿Eeeh?

—Los científicos también tuvieron esta discusión. Y se vieron obligados a estudiar a Plutón mucho tiempo.

—Después hicieron una reunión muy importante y votaron su expulsión. ¡Fuera! —terció Riley.

—Así es —dijo la señora Dempster—. Pero algunos científicos piensan que Plutón debería ser considerado un planeta todavía.

—¡SÍ! —exclamó Stink levantando la mano y chocándola con los de su equipo.

—Les propongo algo —añadió la señora Dempster—. ¿Por qué no turnamos el asunto a nuestro propio panel de científicos?

—¿Es decir que nosotros seríamos los científicos aquí en clase? —inquirió Stink.

—Así es, podemos organizar nuestra discusión, un debate para el próximo viernes. Riley, tu equipo explicará por qué piensan que Plutón no debe ser considerado un planeta. Y el equipo de Stink defenderá por qué Plutón debe seguir siendo considerado un planeta. Así que tienen una semana para preparar sus argumentos.

—¡Súper Galileo! —exclamó Stink.

Riley frunció el ceño y miró a Stink fijamente.

—Stink Moody eres un... un... ¡cabeza de Plutón!

—Gracias —dijo Stink irguiendo la cabeza.

Mi Vieja Tía Martha Juntará Sólo Unas Nueve Pizzas

MNEMOTECNIA EN CÓMIC

Júpiter

Grande: ¿Qué tan grande soy? Prueba esto: ¡tan grande como 1,300 Tierras!

Veloz: Mi rotación es la más rápida de todos los planetas del Sistema Solar. ¡Uno de mis días tiene apenas 10 horas!

Peligroso: Fíjate en mi gran mancha roja. ¡Es una tormenta que ha azotado por más de 300 años!

PD También tengo anillos. ¡Tengan eso, Saturno y Urano!

STINK 3000
Los Papanatas de Júpiter

El siguiente lunes por la mañana Stink y sus amigos estaban reunidos hablando en secreto.

—Tenemos que convencer a todos de que voten para mantener a Plutón en el Sistema Solar.

—¡Contémosle a todo el mundo! —dijo Sofía.

—¡A toda la galaxia! —se sumó Webster.

—¡Al universo entero! —concluyó Skunk.

También inventaron un saludo secreto. Cada uno encimaba su puño en el del otro.

—¡P-l-u-t-ó-n! —gritaron levantando las manos—. ¡Plutón al poder!

—Cuidado, allí viene Riley con sus amigos —advirtió Skunk.

—Logan, Morgan y Heather no son sus amigos —aclaró Stink—. Están en su equipo porque ella les deja ver su roca espacial.

—¿Roca? —intervino Riley—. Es un fragmento de meteorito. ¡De Marte!

—Bla, bla, bla —dijo Skunk.

—¿Cómo se llama su equipo? —preguntó Riley—. ¿Los Apestinks?

—¿Y el de ustedes... Los Papanatas de Júpiter?

—Es mucho más oficial si utilizan un nombre. Somos el equipo Pateen el Trasero de Plutón. PTP son nuestras siglas.

—La señora Dempster no les dejará usar la palabra trasero como parte de su nombre —replicó Stink—. Es algo de la escuela.

—Pues entonces seremos Pateen al Tonto de Plutón.

—A nadie le importa —dijo Sofía.

—Stink, a ti te gusta Plutón por ser el más pequeño, como tú. Siempre apuestas por el perdedor —dijo Riley—. Pero cualquiera sabe que el mejor es Júpiter. Hasta nos hicimos camisetas para el equipo.

En ese instante aparecieron todos los miembros del equipo de Riley, formando una línea y todos usando la misma camiseta. Las camisetas no decían alguna frase tal como "Viva el Campamento Espacial", ni siquiera traían impresas las siglas PTP. Solamente se leían los números: 134340. ¡El número asignado a Plutón al ser degradado como planeta enano!

Stink agachó la cabeza para leer su propia playera. SOY MUY ESPECIAL. Destapó un marcador, tachó y reescribió: PLUTÓN ES MUY ESPECIAL.

—¡Miren! ¡Arriba, en el cielo! —señaló Riley—. ¡Es un ave! ¡Es un avión! ¡Es una rana! No, esperen, es un diminuto ex planeta que acaban de expulsar del Sistema Solar.

Todo el equipo PTP soltó una carcajada.

—Su equipo debería llamarse Los Perdedores —dijo Riley, quien, sin lugar a dudas, cada día tenía el alma más podrida.

Después de la escuela, Stink y su equipo se reunieron en el club Si te Orina un Sapo, mejor conocido como la tienda de campaña del patio trasero.

—Necesitamos un nombre oficial —dijo Stink.

—¿Qué tal los Stinkolitos? —dijo Skunk.

—¿O los Plutónicos? —preguntó Webster.

—¿Los Einstein Extra-Extra-Galácticos? —sugirió Sofía.

—¿Quizá la podrida de Riley tiene razón? —dijo Stink—. Podríamos ser los Perdedores. Somos pequeños, como Plutón, pero atacaremos por sorpresa para darles su merecido a los tontos jupiterianos.

—Y tú serías nuestro líder, el capitán Plutón —dijo Sofía de los Elfos.

—El Capitán Plutón y los Perdedores —dijo Stink.

—¡Me gusta! —coincidieron todos.

El Capitán Plutón y los Perdedores comenzaron a trabajar en las camisetas para el equipo. Cada uno dibujó un planeta volador, con capa de superhéroe y con una *P* mayúscula como insignia.

—También debemos hacer carteles —dijo Skunk.

—"Soy fan de Plutón" —dijo Webster levantando su marcador.

—Podemos marchar por toda la escuela con nuestros carteles.

—Podemos organizar una manifestación a favor de Plutón en el patio de la escuela —dijo Stink.

Así, durante un largo rato, el único sonido que surgió de la tienda fue el chirrido de los marcadores.

Finalmente terminaron de preparar sus carteles y los Perdedores se marcharon a sus casas. Stink comió su cena, pero siguió pensando en Plutón. Luego hizo su tarea de *no-ciencia* pensando en Plutón. Stink Moody, mejor conocido como el Capitán Plutón, ¡no podía quitarse a Plutón de la cabeza!

Stink se fue a dormir y no pudo pegar el ojo. Salió al patio trasero para ver la tienda, alumbrando con su linterna los carteles que parecían formar un silencioso desfile. De pronto una luz brillante le dio directamente en los ojos.

—¡Ey! —dijo Stink.

—Stink Moody —se escuchó un voz profunda—. Es la policía de Plutón. ¡Sal con las manos en alto!

Pero no era la policía de Plutón, sino Judy.

—Casi me matas del susto —dijo Stink—. ¿Qué haces afuera a estas horas?

—¿Qué te imaginas? Estoy espiando lo que tú haces afuera a estas horas —dijo Judy, al tiempo que alumbraba con su linterna los carteles—. ¡Guau! ¿Ustedes hicieron esto?

—Sip. Hoy los hicimos, ¿qué te parecen?

—Creo que tienes plutonitis, quizá necesites una plutoectomía —dijo la doctora Judy.

—No podía dormir —dijo Stink levantando su mano hacia el cielo—. Imagínate, el pobre Plutón está allá arriba, a millones de kilómetros de distancia, esperando que nosotros lo salvemos. Para las personas apenas luce como una bola de golf en miniatura, llena de hoyuelos. Pero nos necesita mientras orbita allá entre toneladas de roca y pedazos de hielo.

—Y no te olvides de la basura espacial —agregó Judy—. Toda esa basura que los astronautas eliminan, como sus refrigeradores y otras cosas.

—¡No hay refrigeradores flotando allá en el espacio exterior!

—Claro que sí, y también clips y zapatos, juegos de cartas y jarras de agua y todo tipo de cosas.

Judy y Stink levantaron la cabeza y se quedaron contemplando el cielo.

—También hay rocas asesinas —dijo Stink— que dan vueltas por el espacio. Alguna de ésas podría estrellarse contra la Tierra en cualquier momento. Un asteroide gigante, como el que acabó con los dinosaurios, podría estar camino hacia la Tierra en este preciso momento.

—¡Qué cósmico! —dijo Judy—. Más te vale que el asteroide acabe con la Tierra antes de que papá y mamá nos encuentren acá afuera en piyama cuando se supone que deberíamos estar dormidos para ir a la escuela mañana.

—¡Urp! —dijo Stink levantando dos dedos hacia el cielo—. Venimos en son de paz —y ambos se dirigieron hacia la casa apagando sus linternas.

MNEMOTECNIA EN CÓMIC

Saturno

Me he vuelto ostentoso. ¿Cuántos anillos tengo?
¿Decenas? ¿Centenas? ¡Miles!

¿De qué están hechos mis anillos?
¿Diamantes? ¿Oro? ¡No! ¡Millones de partículas de hielo y roca, algunas son tan pequeñas como un grano de azúcar; otras, tan grandes como un **carro**!

¿Qué tan rápido giran?
¡Tan rápido que me mareo de sólo pensarlo!

Pequeño

A la mañana siguiente, muy temprano, el Capitán Plutón y los Perdedores estaban parados afuera de la escuela levantando sus carteles.

Riley la podrida se dirigió de inmediato hacia Stink y, con las manos en la cadera, le dijo:

—La escuela ni siquiera ha empezado. La señora Dempster dijo que sólo podíamos hacerlo durante el recreo.

—¿Y quién puede esperar? —respondió Stink.

—Ya verás. Me las pagarás, Stink Moody —dijo Riley, alejándose hecha una furia.

—Para ti soy el Capitán Plutón —gritó Stink.

—¡Y los Perdedores! —gritaron los perdedores.

* * *

Durante la pausa del recreo el Capitán P y los Perdedores sacaron sus carteles otra vez. Gritaron consignas y entonaron canciones.

—¡R-E-S-P-E-T-O! Más respeto a Plutón —gritaba Stink con toda su fuerza.

—¡Dame una *P*! —respondía Skunk—. ¡Dame una *L*! ¡Dame una *U*! ¡Dame una *T*! ¡Dame una *O*! ¡Dame una *N*! ¿Qué dice?

—¡PLUTÓN! —respondían los Perdedores.

—¡No se oye!

—¡PLUTÓN! —gritaban los Perdedores.

Pronto la mitad de los chicos en el patio se había unido a los gritos.

Entonces aparecieron Riley y el Equipo PTP, vestían de negro de pies a cabeza y traían palas en las manos.

—¿Son bolsas de basura lo que traen puesto? —preguntó Sofía.

Todo el Equipo PTP se había disfrazado con bolsas negras para la basura, haciendo huecos para la cabeza y los brazos.

—¿Quién olvidó sacar la basura? —se escuchó una voz.

—No somos basura —dijo Riley—. Vestimos de negro porque vamos a un funeral.

—¿Ehh, qu... ?

—Para que lo sepan, Plutón ha muerto. M-U-E-R-T-O, falleció.

Y comenzaron a cavar un hoyo en la tierra; pero no era para sembrar alguna planta y no estaban buscando algún tesoro escondido. ¡Se trataba de una tumba para Plutón!

—¡Qué canallas! —dijo Skunk.

—Declaramos oficialmente muerto a Plutón —dijo Riley al tiempo que dejaba caer una pequeñísima bola de plástico en el hoyo y comenzaron a cubrirla con tierra.

—Adiós, Plutón —dijo el equipo PTP—. Te echaremos de menos, pero entiende que ya no eres un planeta.

Cuando acabaron de cubrir el hoyo, pusieron una lápida en la tierra como si se tratara de un cementerio.

—Un minuto de silencio, por favor —pidió Riley con toda seriedad.

Y un silencio pesado como lápida cayó sobre los chicos del segundo grado que ahí se encontraban.

Stink sintió que se lo tragaba un hoyo negro. Y no pudo contenerse. Habló, rompió el silencio.

—¡Plutón está absolutamente *NO* muerto, Riley Rottenberger!

Y se alejó a la velocidad de la luz, dejando una estela de polvo tras de sí.

¡Urp!

MNEMOTECNIA EN CÓMIC

Urano

¡Me llaman el GIGANTE HELADO!

BRRRRR! ¡URANO ES EL PLANETA MÁS FRÍO!

Allí siempre es invierno. Los vientos son endiablados y las nubes que cubren la atmósfera están hechas de cristales de hielo.

¡La temperatura en la superficie es de menos **200** grados! Eso no es extraño, pues Urano está a 3 mil millones de kilómetros del Sol.

STINK 3000
¡URP!

Stink tenía que pensar y pensar y seguir pensando. Era preciso que diera con un plan ultra inteligente para Plutón, algo que fuera más podrido que Riley, algo que convenciera a la clase 2D y a la señora Dempster de que Plutón no había muerto. ¿Pero qué?

Alimentó a Toady, conversó con Astro y manejó, manejó y manejó su cama coche de carreras hasta llegar al espacio exterior.

Su cama coche estaba cubierta totalmente de toneladas de calcomanías.

Stink se quedó contemplando sus calcomanías y, de pronto, las miró de una manera completamente diferente.

Y en menos de lo que dices "Marte", Stink dio con una idea. ¡Al fin tenía un plan!

Rápidamente buscó su estuche de "Haga su propia calcomanía magnética", que Judy le regaló en su último cumpleaños, y diseñó una nueva calcomanía, totalmente original.

Una calcomanía ideal para la defensa de un coche. Ahora solamente necesitaba uno para pegarla, y él sabía exactamente cuál era el que necesitaba para la operación "calcomanía".

Necesitaba además a sus Perdedores. Su equipo. Algunos buenos amigos que fungieran como sus centinelas.

* * *

A la mañana siguientes el Capitán Plutón y los Perdedores se reunieron debajo del enorme árbol de maple en el estacionamiento de los maestros.

—Escuchen con atención —dijo Stink—. Es más que un plan. Es algo más bien como una misión para ayudar a Plutón.

—Sí, misión imposible —dijo Webster—. Imposible que no te agarren o te metas en problemas.

—No me atraparán —replicó Stink—. No si cuento con su ayuda.

—De acuerdo, cuenta con nosotros —afirmó Skunk e inició el saludo secreto de Plutón.

—Lo único que necesito es que vigilen mientras me acerco al carro —dijo Stink—. Asegúrense de que no venga ningún maestro.

—Seremos como espías —dijo Webster.

—Espías del espacio exterior —completó Sofía.

—Si ven que algún maestro viene hacia acá, sólo deben gritar el código secreto —dijo Stink.

—¿Cuál es el código secreto? —preguntó Skunk.

—*¡Urp!* —dijo Stink sonriendo—. Solamente *¡urp!* Bueno, todos a sus puestos —dijo haciendo un ademán.

Skunk se escondió detrás del árbol, Webster se ocultó detrás de un bote de basura y Sofía se agazapó detrás de una banca.

Stink miró hacia la derecha y hacia la izquierda. El terreno estaba despejado. Rápidamente atravesó el estacionamiento hasta quedar oculto detrás de un auto verde, se precipitó hacia una camioneta negra y caminó agazapado hasta un Mini azul.

Sacó la calcomanía de su mochila y, en menos de lo que canta un gallo, la pegó a la defensa del Mini azul: TOCA EL CLAXON SI AMAS A PLUTÓN.

—*¡Urp!* —susurró Sofía con fuerza, pero Stink no la escuchó.

—*¡Urp! ¡Urp! ¡Urp!* —gritaron todos.

Stink se puso de pie y casi choca con un maestro, uno muy alto.

Era el señor Todd, el maestro de Judy.

—Hola, Stink —dijo el señor Todd.

—Hola, señor Toad, digo Todd —alcanzó a gruñir Stink.

TOCA EL CLAXON SI AMAS A PLUTÓN

Así que te gusta el Mini, ¿no? Es un gran carro compacto, pero más espacioso de lo que aparenta. He estado pensando comprar uno yo también. Ahorras combustible.

—Claro, el combustible —dijo Stink intentando cubrir con su cuerpo la calcomanía supersecreta.

—Bueno, más nos vale ir a clase, ¿no te parece?

—Sí, a clase —dijo Stink.

Y ambos se dirigieron hacia la puerta principal, seguidos de cerca por los escurridizos espías espaciales de segundo grado.

La misión imposible acababa de convertirse en misión cumplida.

Neptuno

¡EL PLANETA DE LAS CIFRAS!

1846

Es el año en que observaron por vez primera a Neptuno con ayuda de un telescopio. Antes de esta fecha, los genios de las matemáticas habían deducido su existencia.

4,500,000,000

de Kilómetros es la distancia aproximada de Neptuno al Sol.

Sol

Neptuno

16

Es el número de horas terrestres en un día de Neptuno.

165

Es el número de años terrestres que dura un año de Neptuno.

2010

¡Bravo! ¡En 2010 Neptuno completó la primera vuelta alrededor del Sol desde su descubrimiento!

11

Son las lunas de Neptuno.

Recreo podrido

El jueves, la señora Dempster pidió a todos en la clase que sacaran su libro de ciencia.

—Abran en la página sesenta y siete.

Stink sacó como pudo el pesado libro, lo abrió en la página sesenta y siete, y no podía creer lo que descubrió.

—¡Ey! Algo está mal, señora Dempster —dijo, volteando a su alrededor.

—Alguien escribió en mi libro de ciencia —se quejó otra voz.

—En el mío también.

—¡Y en el mío!

—Alguien tachó el nombre de Plutón en mi libro —se quejó Stink volteando a ver los libros de los demás.

—Niños, niñas, tranquilos —dijo la señora Dempster caminando por el pasillo y mirando los libros de cada uno.

—El hada malvada del libro de ciencia ataca otra vez —dijo Sofía de los Elfos.

—Los duendes enemigos de Plutón andan sueltos —siguió Webster.

—Escuchen. Todos saben que no está permitido dañar los libros de texto. ¿Alguien quiere decirme quién lo hizo?

PLUTÓN!

—Solamente pudo ser alguien que está podrido —dijo Stink mirando a Riley con enojo.

—Está bien, está bien, yo fui —confesó Riley.

—Riley, sabes que eso no se hace. ¿En qué estabas pensando?

—Es que Plutón ya no es un planeta, así que lo taché mientras todos salían al recreo.

—¿Acaso no acordamos que tendríamos un debate el viernes?

—Sí, pero tenía que hacer algo porque hasta usted ya tomó partido.

—Nadie tomó partido —dijo la señora Dempster—. He dejado todo en sus manos. El grupo 2D hará el debate y tomará una decisión después, sin hacer trampa.

—¿Y entonces por qué anda usted por toda la ciudad pidiendo a todo mundo que toque el claxon por Plutón?

La señora Dempster la miró perpleja. Heather Strong señaló por la ventana al Mini azul estacionado afuera, el Mini de la señora Dempster.

La señora Dempster se inclinó y entrecerró los ojos para mirar con atención la misteriosa calcomanía en la defensa de su carro. TOCA EL CLAXON SI AMAS A PLUTÓN.

—Ahora entiendo por qué todo mundo me toca el claxon desde ayer —dijo sin poder contener una sonrisa.

—¿Se da cuenta? —dijo Riley—. Yo tenía razón.

—Riley, te aseguro que no sabía nada hasta ahora. Sospecho que tenemos un pequeño truhán de las calcomanías en la clase 2D.

—Y yo apuesto a que se llama Stink Moody —dijo Riley apuntando con el dedo.

—¿Y bien..., Stink? —preguntó la señora Dempster—. ¿Sabes algo al respecto?

—Quizá... —dijo Stink—. Está bien, fui yo.

—Escuchen con atención. Sé que estamos muy entusiasmados con el tema de Plutón, pero todos saben que no debemos andar por ahí escribiendo en los libros de texto ni pegando calcomanías sin pedir permiso. Riley, Stink, ambos me han decepcionado.

—Lo siento —dijo Stink.

—Lo siento —dijo Riley.

—Stink, te voy a pedir que durante el recreo vayas y despegues esa calcomanía de mi carro.

—Es sólo un imán —respondió Stink—. Ni siquiera está pegada.

La señora Dempster asintió.

—Y tú y Riley pasarán el recreo borrando las marcas de los libros.

Seguramente ése sería el recreo más podrido de todo el universo.

* * *

Stink voló por todo el salón, escritorio tras escritorio, borrando libro tras libro. Juntó un montoncito de migas de goma de borrar, un remolino de migas de goma, una montaña de migas.

—¿Sabías que antes de que inventaran las gomas se utilizaban verdaderas migajas de pan para borrar? —dijo Stink mirando de reojo a Riley al otro lado del salón.

Riley no contestó.

—¿*Sabías* que inventaron la goma hace más de doscientos años?

Riley no contestó.

—¿Cuántas gomas se necesitarían para darle la vuelta al planeta? —inquirió Stink y siguió borrando.

—Stink Moody, eres más molesto que una nube cósmica de migas de goma.

—¿Eso lo aprendiste en el Campamento Espacial?

—Eso no te importa, Cabeza de Goma —replicó Riley—. ¡Yo nunca me metía en problemas y ahora estoy castigada y me tengo que perder el recreo por culpa tuya, Stink Moody!

—¡No fui yo quien rayó todos los libros de texto! Y no entiendo por qué odias tanto al pobre Plutón, si nunca te hizo nada.

—No entiendes, ¿verdad? —dijo Riley—. ¡Tú eres como Plutón!

—¿Por qué? ¿Porque soy pequeño y tengo gases? ¿Qué?

En ese instante Riley la podrida, la Reina del Campamento Espacial, parecía la nube de Oort a punto de estallar.

—¡No! ¡Porque siempre te atraviesas en mi órbita!

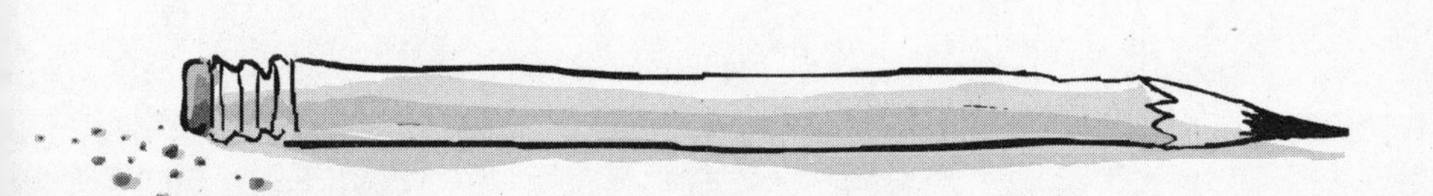

—Está bien, está bien, no te pongas como asteroide fuera de control.

¡Chispas planetarias! En ocasiones Riley Rottenberger se ponía como extraterrestre, ¡una supernova fastidiosa y explosiva!

Mi Vieja Tía Martha Juntará Sólo Unas Nueve Pizzas

MNEMOTECNIA EN CÓMIC

Plutón

(Alias 134340)

(Alias el ex planeta favorito de algunos)

Examen Planetario Oficial

Nombre: Plutón

1 ¿Orbita usted alrededor del Sol?

SÍ NO

2 ¿Es usted más o menos redondo y piensa seguir así?

SÍ NO

3 ¿Es usted lo suficientemente grande como para abrirse paso en torno al Sol?

SÍ NO

WWAAAAAAAAAA

PLUTO

¿Consideras que Plutón es genial y no debería ser expulsado del Sistema Solar?

¡Yo sí!

Visita www.stinkmoody.com y ¡vota por Plutón!

STINK 3000
Revuelta plutoniana

Por fin llegó el viernes, ¡momento para que los científicos del grupo 2D presentaran sus argumentos!

Primero fue el turno del equipo PTP. Riley sostenía una cuchara de madera y la mecía en el aire.

—Hoy nos hemos reunido para decidir si Plutón debe ser considerado como un planeta. Soy una jueza de la Suprema Corte del Sistema Solar y este chunche es mi martillo.

¡Cuaz!, golpeó Riley con la cuchara de madera el escritorio de la señora Dempster.

—Se dice mazo —aclaró la señora Dempster.

—Para ser considerado un planeta existen tres leyes, como si se tratara de un examen, que se deben cumplir.

Morgan y Heather comenzaron a dar vueltas en círculos perfectos en torno a una pelota amarilla, con la palabra Sol. Y Logan giraba en una órbita extraña.

—Ey, Plutón, ¿por qué caminas así? —le preguntó Heather a Logan.

—No lo puedo evitar, Neptuno, mi órbita está descontrolada.

—Ley número uno —dijo Riley—. Para ser un planeta debes orbitar alrededor del Sol.

—Ley número dos. Para ser un planeta debes ser grande y redondo, de lo contrario los otros planetas te harán a un lado.

—Plutón es casi redondo —señaló Stink.

¡Cuaz!

—*Hedor* en la corte —dijo Riley por error y todo mundo se echó a reír.

—Ley número tres. Para ser un planeta debes ser lo suficientemente grande para patear rocas y otros tipos de basura espacial a tu paso.

Logan chocó con Morgan y luego chocó con Heather, pero ninguna alteró su curso. Ni un ápice.

—Plutón es diminuto y por lo tanto no puede alterar el curso de otros elementos del espacio. Por lo tanto —dijo Riley llenándose la boca de palabras rimbombantes—, Plutón no es un planeta, de ninguna manera, no señor.

Logan (alias Plutón) se dejó caer al suelo, se quitó la sudadera para mostrar la playera que traía debajo con el número 134340.

—Es todo por mi parte —dijo Riley golpeando tan fuerte en la mesa que sonó como el Big Bang—. Voten por el NO a Plutón. Es la ley.

—Un gran aplauso para el equipo de Riley —pidió la señora Dempster, y todos aplaudieron—. A continuación el equipo de Stink presentará una obra breve.

REPARTO

Neptuno . . . Skunk 

 Saturno. . . Sofia 

 Júpiter . . . Webster 

 Plutón . . . Stink 

Neptuno: Yo soy el gélido Neptuno, el planeta azul.

Saturno *(girando dos aros de hula-hula):* Soy Saturno, el trompo, y tengo anillos.

Júpiter: Yo soy Júpiter el maloso, el más grande de todos.

Plutón *(entra ondeando una capa de superhéroe):* Soy el capitán Plutón. Soy pequeño, pero... *(Plutón choca con Neptuno. Neptuno choca con Saturno. Saturno choca con Júpiter.)*

Neptuno (tambaleante): Este Sistema Solar está muy apretado, hay demasiados planetas.

Saturno: Pero siempre hemos sido los mismos.

Júpiter: Uno de nosotros tiene que salir.

Neptuno: No seré yo.

Saturno: Ni yo.

Júpiter: Ni yo.

Plutón: A mí ni me miren. ¿Por qué yo?

Júpiter: Eres diminuto.

Saturno: Y no eres bien redondo.

Neptuno: Y tu órbita es extraña.

Pluton: Pero sí soy algo redondo y nunca choco con ustedes muy fuerte, ¿no es verdad, Neptuno?

Neptuno: No nos importa. ¡Fuera del Sistema Solar!

Saturno: Busca tu propia Vía Lactéa.

Plutón (se va a la esquina a llorar): Buuh, buuh, buuh.

Saturno: Oh, oh, Plutón está llorando.

Neptuno: Debe sentirse muy solo.

Júpiter: Tal vez echa de menos a sus amigos.

Riley: ¡No, de ninguna manera, que no regrese!

Señora Dempster: Riley, ya tuviste tu oportunidad. Escuchemos.

Saturno: Me siento muy apenada. Quizá deberíamos permitir que Plutón regrese al Sistema Solar.

Júpiter: Yo voto que Sí.

Neptuno: Yo voto que Sí.

(Skunk, Sofía y Webster se dirigen hacia Plutón y lo sacan de la esquina.)

Saturno: Anda, Plutón, nos equivocamos al echarte.

Neptuno: Puedes regresar al Sistema Solar.

Júpiter: Todos somos parte de la Vía Láctea, una familia.

Plutón *(salta, baila y canta):* ¡Somos una familia! ¡Júpiter, Saturno, Neptuno y yo! ¡Somos una familia! ¡Júpiter, Saturno, Neptuno y el gran Plutón!

Todo el grupo 2D estaba conmovido. Stink y sus compañeros planetas hicieron una caravana.

—Bien hecho —dijo la señora Dempster—. Ahora veremos lo que opina el resto del grupo 2D. ¡Vamos a votar!

Todos sacaron sus lápices y votaron en secreto. Arrojaron sus papeletas en una jarra enorme. La señora Dempster, sentada en su escritorio, comenzó a desdoblar las papeletas hasta llegar al último voto.

—Parece que es unánime, todos están de acuerdo. El grupo 2D votó SÍ para que Plutón siga siendo considerando un planeta.

Todos aplaudieron y gritaron.

—¿Todo el grupo? —preguntó Stink—. ¿Está usted segura de que contó bien?

—Estoy segura —dijo la señora Dempster guiñando el ojo a Riley.

Riley le devolvió una sonrisa no muy podrida.

—¡Guauu! ¡Viva Plutón! —gritó Stink.

—¡Una porra para Stink, Superhéroe del Sistema Solar! —pidieron los Perdedores.

Stink estaba radiante y orgulloso de todos los chicos del grupo 2D, su propio Sistema Solar.

Al finalizar las clases, Stink buscó a Riley la risueña.

—Hola, Riley, eh, quería preguntarte qué te hizo cambiar de opinión respecto de Plutón.

—Ninguno de tus rollos —dijo la todavía podrida Riley.

Stink dio un paso para alejarse.

—Pero... es que entiendo cómo se siente Plutón —alcanzó a murmurar Riley.

—¿Eh?

—En el Campamento Espacial...

—Otra vez con eso —dijo Stink torciendo los ojos.

—Es en serio, no estoy presumiendo. Iba a decir que en el Campamento Espacial los otros chicos decían que yo era insoportable y me echaron de nuestro dormitorio. Por eso cuando estabas en la esquina llorando…

—Fingía llorar —aclaró Stink.

—Es igual. Entiendo cómo se siente Plutón por ser expulsado.

Stink no podía creer lo que escuchaba. Quizá Riley no era tan podrida después de todo.

—¿En el Campamento Espacial les dejan lanzar cohetes súper monstruosos y hacen robots?

—Claro. ¡Y los robots rescatan astronautas de la Estación Espacial!

—¡Guau!

Stink siempre había soñado con poder ir a un Campamento Espacial.

—Oye, deberíamos de hacer un club. Amigos de Plutón, o algo por el estilo.

—¿Quieres decir para tus amigos? —dijo Riley haciendo un nudo con su cabello.

—Cualquiera que sea amigo de Plutón es mi amigo —dijo Stink sonriendo.

✶ ✶ ✶

En ese momento apareció Judy en la puerta del salón de Stink.

—Vamos, Stink, mamá viene por nosotros y tengo que ir a práctica de futbol y karate.

—Nos vemos, ex enemiga de Plutón —dijo Stink despidiéndose de Riley, y ambos soltaron la carcajada. Stink agarró sus cosas y atravesó corriendo el salón.

Judy tomó su lugar en el asiento trasero.

—¡Ya voy! —gritó Stink.

—¿Qué hace? —preguntó mamá mirando por el retrovisor.

—Creo que se le cayó algo —dijo Judy—. ¡Stink, apúrate, que voy a llegar tarde!

Stink se arremolinó en el asiento trasero. Mamá salió de la escuela y dobló hacia la izquierda. En el primer semáforo se escuchó un bocinazo.

—¿Por qué me habrá pitado? —dijo mamá—. Estoy segura de que puse la direccional.

Más adelante se escuchó otro claxon, y luego otro.

¡Biip!, ¡biip! ¡Clanc!, ¡clanc! ¡Tuut!

—Mamá, ¿los conoces? —preguntó Judy—. Todos nos saludan.

—Tararí, tarará, biip aquí, biip allá —cantaba Stink sonriendo.

Algún día una nave espacial viajará a Plutón a 4 mil millones de kilómetros de la Tierra. Algún día.

Pero hoy Stink estaba feliz, absolutamente feliz de vivir en Croaker Road, en el estado de Virgina, planeta Tierra, galaxia Vía Láctea: su pequeño rincón en el universo.

¡Biip, biip!

VIRGINIA
101583
TOCA EL CLAXON SI AMAS A PLUTÓN.

Megan McDonald

es la galardonada autora de la serie Judy Moody. Cuenta que un día que visitaba un colegio, al entrar a un salón, los niños comenzaron a gritar: ¡Viva Stink! En ese momento se dio cuenta de que tenía que escribir un libro en el que el protagonista fuera Stink. Megan McDonald vive en California, Estados Unidos.

Peter H. Reynolds

es el ilustrador de todos los libros de la serie Judy Moody. Dice que Stink le recuerda a él mismo cuando era pequeño, siempre luchando con una hermana mandona que se burlaba continuamente de él, y esforzándose para estar a su altura. Peter H. Reynolds vive en Massachusetts, Estados Unidos.